[CH]ANSONNIER

PATRIOTIQUE,

ou

*Recueil des meilleures Chansons Natio-
nales qui ont été chantées dans les
glorieuses Révolutions de
1789 et 1830.*

Nouvelle Édition.

PARIS.

CHASSAIGNON, IMPRIM. LIBRAIRE,
RUE GIT-LE-CŒUR, N° 7.

1838.

CHANSONNIER

PATRIOTIQUE.

IMPRIMERIE DE CHASSAIGNON,
rûe Gît-le-Cœur, N° 7.

CHANSONNIER PATRIOTIQUE,

RECUEIL DES MEILLEURES CHANSONS INSPIRÉES PAR LES GLORIEUSES RÉVOLUTIONS DE 1789 ET DE 1830

PARIS,

CHEZ CHASSAIGNON, IMPRIMEUR-LIBRAIRE, RUE GIT LE-COEUR, N° 7.

1840.

CHANSONNIER
PATRIOTIQUE.

LA MARSEILLAISE

ALLONS enfans de la patrie,
Le jour de gloire est arrivé :
Contre nous de la tyrannie
L'étendard sanglant est levé.   (*bis.*)
Entendez-vous dans les campagnes,
Mugir ces féroces soldats !
Ils viennent jusque dans vos bras
Égorger vos fils, vos compagnes.
   Aux armes, citoyens !
   Formez vos bataillons ;
   Marchons, marchons,
   Qu'un sang impur
   Abreuve nos sillons.

1*

Que veut cette horde d'esclaves,

De traîtres, de rois conjurés ?

Pour qui ces ignobles entraves,

Ces fers dès long-temps préparés ? (*bis.*)

Français, pour nous, ah ! quel outrage ,

Quel transport il doit exciter .

C'est nous , qu'on ose méditer

De rendre à l'antique esclavage !

    Aux armes , citoyens , etc

Quoi ! des cohortes étrangères

Feraient la loi dans nos foyers !

Quoi ! ces phalanges mercenaires

Terrasseraient nos fiers guerriers; (*bis.*)

Grand Dieu ! par des mains enchaînées ,

Nos fronts sous le joug se ploieraient !

De vils despotes deviendraient

Les maîtres de nos destinées !

    Aux armes , citoyens, etc.

Tremblez tyrans et vous perfides,

L'opprobre de tous les partis ,

Tremblez ! vos projets parricides
Vont enfin recevoir leur prix.   (*bis.*)
Tout est soldat pour vous combattre ;
S'ils tombent nos jeunes héros,
La terre en produit de nouveaux,
Contre vous tout prêts à se battre.
    Aux armes, citoyens, etc.

Nous entrerons dans la carrière,
Quand nos aînés n'y seront plus.
Nous y trouverons leur poussière
Et la trace de leurs vertus !   (*bis.*)
Bien moins jaloux de leur survivre
Que de partager leur cercueil,
Nous aurons le sublime orgueil
De les venger ou de les suivre.
    Aux armes, citoyens, etc.

Français, en guerriers magnanimes,
Portez ou retenez vos coups.

Épargnez ces tristes victimes,
A regret s'armant contre nous.   (*bis*)
Mais ces despotes sanguinaires,
Mais les complices de Bouillé,
Tous ces tigres qui, sans p'tié,
Déchirent le sein de leur mère.

      Aux armes, citoyens; etc.

Amour sacré de la patrie,
Conduis, soutiens nos bras vengeurs.
Liberté! liberté chérie!
Combats avec tes défenseurs.   (*bis.*)
Sous nos drapeaux que la victoire
Accoure à tes mâles accens !
Que tes ennemis expirans
Voient ton triomphe et notre gloire !

      Aux armes, citoyens, etc.

ROUGET DE LISLE.

LE SALUT DE L'EMPIRE.

AIR *connu.*

VEILLONS au salut de l'Empire,
Veillons au maintien de nos droits,
Si le despotisme conspire,
Conspirons la perte des rois.
Liberté ! liberté !
Que tout mortel te rende hommage !
Tremblez, tyrans !
Vous allez expier vos forfaits.
Plutôt la mort que l'esclavage,
C'est la devise des Français.

Du salut de notre patrie,
Dépend celui de l'univers ;

Si jamais elle est asservie,
Tous les peuples sont dans les fers.
Liberté ! liberté !
Que tout mortel te rende hommage !
Tyrans, tremblez !
Vous allez expier vos forfaits.
Plutôt la mort que l'esclavage ,
C'est la devise des Français.

Ennemis de la tyrannie ,
Paraissez tous, armez vos bras ,
Du fond de l'Europe avilie ,
Marchez avec nous aux combats.
Liberté ! liberté !
Que ce nom sacré nous rallie ;
Poursuivons les tyrans ,
Punissons, punissons leurs forfaits.
Nous servons la même patrie ,
Les hommes libres sont Français.

ANONYME.

L'ARBRE DE LA LIBERTÉ.

AIR : *Fidèle époux, franc militaire.*

Doux habitans du voisinage,
Venez prendre part à nos jeux ;
Venez sous ce tranquille ombrage
A la paix adresser vos vœux
Ne craignez point qu'aucun tumulte
Vienne troubler votre gaieté.
On dort à l'abri de l'insulte,
Sous l'arbre de la liberté.

De cet arbre cher à la France,
Voulons-nous conserver les fleurs,
Proscrivons l'aveugle licence,
Réprimons les persécuteurs.

La douce aisance, le bien-être,
L'union, la fraternité ;
Voilà les fruits qui doivent croître
Sous l'arbre de la liberté.

Que sur l'autel de la patrie,
Chacun dépose son présent ;
Donnons sans regret, sans envie,
Mais donnons en nous embrassant.
Oui, nos offrandes seraient vaines,
Aux yeux de la Divinité,
Si nous ne déposions nos haines
Sous l'arbre de la liberté.

Que le fer dont s'arment nos piques,
Ne vous inspire aucun effroi ;
Ce sont des armes pacifiques,
Qui n'obéissent qu'à la loi.
Tous nos symboles militaires
Sont des garants de sûreté ;
Et tous les hommes sont nos frères
Sous l'arbre de la liberté.

HYMNE A L'ÊTRE SUPRÊME.

AIR *de Gossec.*

Père de l'univers, suprême intelligence,
Bienfaiteur ignoré des aveugles mortels ;
Tu révélas ton être à la reconnaissance,
Qui seule éleva tes autels

Ton temple est sur les monts, dans les
airs, sur les ondes,
Tu n'as point de passé, tu n'as point
d'avenir ;
Et sans les occuper tu remplis tous les
mondes,
Qui ne peuvent te contenir.

Tout émane de toi, grande et première
cause,
Tout s'épure aux rayons de ta divinité ;

Sur ton culte immortel la morale repose,
  Et sur les mœurs la liberté.

Pour venger leur outrage, et ta gloire
  offensée,
L'auguste liberté, ce fléau des pervers,
Sortit en même temps de ta vaste pensée,
  Avec le plan de l'univers.

Dieu puissant! elle seule a vengé ton injure;
De ton culte, elle-même, instruisant les
  mortels,
Leva le voile épais qui couvrait la nature,
  Et vint absoudre tes autels.

O toi! qui du néant, ainsi qu'une étincelle,
Fis jaillir dans les airs l'astre éclatant du
  jour;
Fais plus, verse en nos cœurs ta sagesse
  immortelle,
  Embrâse-nous de ton amour.

De la haine des rois anime la patrie,
Chasse les vains désirs, l'injuste orgueil
 des rangs,
Le luxe corrupteur, la basse flatterie,
 Plus fatale que les tyrans.

Dissipe nos erreurs, rends-nous bons,
 rends-nous justes,
Règne, règne au delà du tout illimité;
Enchaîne la nature à tes décrets augustes,
 Laisse à l'homme la liberté.

CHÉNIER.

LES CHARMES DE LA LIBERTÉ.

COUPLETS PATRIOTIQUES.

AIR *des Marseillais.*

CHANTONS, enfans de la patrie,
Les douceurs de l'égalité ;
S'il est deux bonheurs dans la vie,
Le premier c'est la liberté.
Voyez l'oiseau qui, dans sa cage,
S'agite du matin au soir ;
Il s'y nourrit du seul espoir
D'échapper à son esclavage....
Triomphons! citoyens; dégagés de nos fers,
Chantons! (*bis*) que les échos répètent nos
concerts !

Le tendre enfant qui vient de naître,
Se tourmente et pousse des cris ;

Il se plaint qu'au pouvoir d'un maître,
Ses petits bras soient asservis.
A peine la main carressante
De celle dont il tient le jour,
Lui rend l'essor avec amour,
Qu'il montre une joie innocente....
Triomphons ! citoyens, etc.

Échappé d'une source pure,
Je vois un limpide ruisseau ;
Il bondit, se joue et murmure,
Sur un gravier toujours nouveau.
Capricieux, libre et volage,
Il ne revient plus sur ses pas.
Liberté ! tels sont tes appas,
Dont mes airs ne sont que l'image....
Triomphons ! citoyens, etc.

Pour franchir cette onde fatale,
Qui le retenait dans les fers,
Jadis l'ingénieux Dédale
S'ouvrit un chemin dans les airs,

Tel fut le surprenant ouvrage
De l'amour de la liberté;
C'est la seule divinité
Digne d'inspirer ce courage....
Triomphons ! citoyens, etc.

DOURNEAU.

INCONVÉNIENS

DE LA RÉVOLUTION.

Quoi ! pour mérite principal
Aimer et servir la patrie !
Plus de blason ! plus d'armoirie !
Plus de pal ni de contre-pal !
Plus de monseigneur qui protège !
La vanité perd son cortège,
Les titres perdent leur crédit.
L'orgueil n'est plus qu'une faiblesse,
Talens, vertus font la noblesse :
Ah ! vraiment le siècle est maudit.

ÉCOUCHARD LEBRUN.

LES GIRONDINS.

AIR : *Bayard est mort*

CAPTIFS aux rives de la Seine ,
Les Girondins, nobles proscrits ,
Allégeaient le poids de leurs chaînes ,
En redisant des airs chéris.
Dans un cachot le malheur nous rassemble,
  Mais il ne pourra nous flétrir
Courage, amis, nous sortirons ensemble !
  Sachons mourir.   (*bis.*)

Nous avons vécu peu d'années ;
Mais si leur cours fut toujours plein ,
Eh ! qu'importe à nos destinées ?
Nous n'aurons pas eu de déclin.

Devant la mort la vieillesse débile ,
, N'ose s'arrêter sans pâlir ;
Mais au printemps le courage est facile ;
    Sachons mourir.   (*bis.*)

A nos épouses, à nos mères,
Hâtons-nous de donner des pleurs ;
Bientôt à d'infâmes sicaires ,
Il faudra cacher nos douleurs.
Mais la vertu qui triomphe du glaive ,
    Nous assure un long avenir :
Au Panthéon l'échafaud nous elève ;
    Sachons mourir.   (*bis.*)

Egaré par la calomnie ,
Tu méconnais tes défenseurs ;
Peuple, en chassant la tyrannie ,
N'as tu que changé d'oppresseurs ?
A ton bonheur s'il faut une hécatombe ,
    Nous sommes fiers de te l'offrir ;
Sur l'étranger que notre sang retombe :
    Sachons mourir.   (*bis.*)

2

La liberté fut notre idole,
Eh ! qui pourrait ne pas l'aimer ?
En son nom lorsqu'on nous immole,
Gardons nous de la blasphêmer.
Du haut des cieux, sur sa tige immortelle,
    Puissions nous la voir refleurir !
Nos derniers vœux du mo'ns seront pour elle :
        Sachons mourir.   (*bis*)

Plaignons une patrie ingrate.
Pour nous, conviés par Caton,
Ce soir au banquet de Socrate,
Nous prendrons place avec Platon.
Que nos neveux, par un dernier exemple,
    De nous apprennent à souffrir
Le licteur vient, le peuple nous contemple,
        Sachons mourir.   (*bis.*)

Ainsi sur ma lyre pieuse,
Evoquant de beaux souvenirs,
Je chante à la France oublieuse,
Et ses héros, et ses martyrs.

A leurs vertus rendons un juste hommage,
Et si jamais il faut choisir
Entre l'opprobre, et leur propre héritage :
Sachons mourir.   (*bis.*)

J. VAISSIÈRE.

VIVE LA LIBERTÉ.

AIR : *Je suis Français, mon pays avant tout.*

On a chanté l'amour et la victoire ,
On a chanté le vin et les grandeurs ,
On a chanté les belles et la gloire ,
On a chanté les courtisans flatteurs.
Bons citoyens, vrais soutiens de la France,
Puisque sur tout, ma foi, l'on a chanté ,
Je suis Français ! 'aime l'indépendance ;
Je dois chanter : Vive la liberté.

ANONYME.

PETIT ALBUM (1),

TU GRANDIRAS !

(1ᵉʳ mars 1829 .

AIR : *D'Aristippe.*

PEU de temps après ta naissance,
Tu marchais seul, mais le pouvoir bientôt,
Pour mieux arrêter ta croissance ,
T'enveloppa de son maillot.   (*bis.*)
Libre d'entraves meurtrières ,
Dont les liens embarrassaient tes bras ,
Réjouis-toi ! te voilà sans lisières.
Petit Album, tu grandiras !

Meslin et Campanhet ensemble ,
De gros procès vont s'armer contre toi.
Petit Album , dis, que t'en semble ?
Crains tu Messieurs les gens du roi ?(*bis*)

(1) Titre d'un Journal publié, l'an dernier, par
MM. Fontan, Magallon , etc.

Pour quelques faits bien méritoires,
Une prison en vain t'ouvre les bras ;
Malgré prisons, procès, réquisitoires,
Petit Album, tu grandiras !

Tu grandiras d'âge et de force,
Frêle arbrisseau, battu des noirs Autans :
Déjà sous ta naissante écorce,
Bout la sève d'un beau printemps. (*bis.*)
Attends à la saison prochaine,
Le sol est bon où t'ont planté nos bras ;
La république y voit croître nos chênes :
Petit Album, tu grandiras !

De cette saison fortunée,
Où tes rameaux de fleurs se couvriront,
Lorsque la première journée
Va venir éclairer ton front ;   (*bis.*)
Courage, enfant! J'ai l'espérance
De voir alors étouffer dans tes bras,
Tous ces vieux nains *échassés* sur la France.
Petit Album, tu grandiras!

Le calme brille après l'orage.
Il t'en souvient, en butte au vent du Nord,
Jadis nous avons fait naufrage ;
La liberté nous pousse au port.   *(bis.)*
La liberté, ta sœur jumelle,
En souriant te tend de loin les bras :
Souris aussi ! Désormais avec elle,
Petit Album, tu grandiras !

L. M. FONTAN.

L'HONNEUR FRANÇAIS.

AIR : *Aussitôt que la lumière.*

CITOYENS, troupe guerrière,
Soldats de l'égalité,
C'est la France tout entière
Qui défend la liberté.
Ah ! si les soldats de Rome
Ont asservi l'univers,
Connaissant les droits de l'homme,
Pourrions-nous porter des fers ?

LA COLONNE.

AIR *connu.*

SALUT monument gigantesque ,
De la valeur et des beaux arts ,
D'une teinte chevaleresque ,
Toi seul colore nos remparts.
De quelle gloire t'environne
Le tableau de tant de hauts faits !
Ah ! qu'on est fier d'être Français ,
Quand on regarde la colonne.

« Avec eux la gloire s'exile »,
Osa t on dire des proscrits ,
Et chacun vers le Champ d'Asyle ,
Tournait des regards attendris.
Malgré les rigueurs de Bellonne ,
La gloire ne peut s'exiler ,
Tant qu'en France on verra briller
Des noms gravés sur la colonne.

L'Europe, qui, dans ma patrie,
Un jour pâlit à ton aspect,
En brisant ta tête flétrie,
Pour toi conserve du respect :
Car des vainqueurs de Babylonne,
Des héros morts chez l'étranger,
Les ombres pour la protéger,
Planaient autour de la colonne.

Anglais, fiers d'un jour de victoire,
Par vingt rois conquis bravement,
Tu prétends, pour tromper l'histoire,
Imiter ce beau monument.
Souviens-toi donc, race bretonne,
Qu'en dépit de tes factions,
Du bronze de vingt nations,
Nous avons formé la colonne.

Et vous, qui domptez les orages,
Guerriers, vous pouvez désormais
Du sort mépriser les outrages,
Les héros ne meurent jamais.

Vos noms, si le temps vous moissonne,
Iront à la postérité;
Vos brevets d'immortalité
Sont burinés sur la colonne.

Proscrits, sur l'onde fugitive,
Cherchez un destin moins fatal;
Pour moi, comme la sensitive,
Je mourrai sur le sol natal.
Et si la France un jour m'ordonne
De chercher au loin le bonheur;
J'irai mourir au champ d'honneur,
Ou bien au pied de la colonne.

EMILE DEBREAUX.

LE VIEUX DRAPEAU.

AIR : *Elle aime à rire, elle aime à boire.*

De mes vieux compagnons de gloire,
Je viens de me voir entouré.
Les souvenirs m'ont enivré,
Le vin m'a rendu la mémoire.
Fier de mes exploits et des leurs,
J'ai mon drapeau dans ma chaumière ;
Quand secouerai-je la poussière
Qui ternit ses nobles couleurs ?

Il est caché sous l'humble paille,
Où je dors pauvre et mutilé;
Lui qui, sûr de vaincre, a volé
Vingt ans de bataille en bataille.

Chargé de lauriers et de fleurs,
Il brilla sur l'Europe entière :
Quand secouerai je la poussière,
Qui ternit ses nobles couleurs ?

Ce drapeau payait à la France,
Tout le sang qu'il nous a coûté.
Sur le sein de la liberté,
Nos fils jouaient avec sa lance.
Qu'il prouve encore aux oppresseurs,
Combien la gloire est roturière.
Quand secouerai-je la poussière,
Qui ternit ses nobles couleurs ?

Son aigle est resté dans la poudre,
Fatigué de lointains exploits.
Rendons-lui le coq des Gaulois,
Il sut aussi lancer la foudre.
La France, oubliant ses douleurs,
Le rebénira, libre et fière
Quand secouerai je la poussière,
Qui ternit ses nobles couleurs ?

Las d'errer avec la victoire,
Des lois il deviendra l'appui.
Chaque soldat, fut, grâce à lui,
Citoyen aux bords de la Loire.
Seul, il peut voiler nos malheurs ;
Déployons-le sur la frontière :
Quand secouerai-je la poussière,
Qui ternit ses nobles couleurs ?

Mais il est là, près de mes armes ;
Un instant, osons l'entrevoir.
Viens, mon drapeau ! viens mon espoir
C'est à toi d'essuyer mes larmes.
D'un guerrier qui verse des pleurs,
Le Ciel entendra la prière.
Oui, je secouerai la poussière,
Qui ternit tes nobles couleurs.

BÉRANGER

JE RENONCE A LA SATIRE.

CHANSON.

(Juillet 18 8.)

Air : *Excusez si je vous dérange.*

L'art des vers est un sot métier,
Surtout pour l'auteur satirique ;
S'il abreuve le monde entier
Du fiel de sa muse caustique.
Toute médaille a son revers :
Le monde, à son tour, le déchire ;
On lui voit expier ses vers
Par l'infortune, ou dans les fers....
Ah ! je renonce à la satire.   (*bis.*)

Eh ! que dis-je ? la vérité,
L'honnête homme doit-il la taire ?

Son cœur, lâchement contristé ,
Subirait un joug volontaire !
Il irait, humble et caressant,
Dire au fanatisme en délire :
« Tu veux demeurer tout puissant,
» Je le vois, bien qu'en frémissant,
» Et je renonce à la satire. »   (bis.)

Ce temps n'est plus, temps trop heureux !
Où l'on voyait le peuple, en France,
Gémir sous le poids ténebreux
D'une brute et crasse ignorance.
Ah ! c'est un bien horrible abus,
Que nos paysans sachent lire !
Esprits faux, encroutés, obtus,
Ne nous faites plus ces rébus,
Et je renonce à la satire.   (bis.

Du génie et de son flambeau,
Chaque siècle est le tributaire ;
Du fond même de son tombeau,
Un grand homme éclaire la terre ;

Dans mille ans encor ses écrits
S'imprimeront, pourront se lire,
Mais cette *plaie* a bien son prix :
Obscurantins, cessez vos cris,
Et je renonce à la satire.　　　　(*bis*

» A quoi sert à nous, grands seigneurs
Leur commerce et leur industrie ?
Du vilain payons les sueurs ;
Nous seuls composons la patrie.
—Le commerce est pour les états,
Ce qu'est au corps l'air qu'il respire ;
Anes titrés, portez vos bats,
Méprisez-nous, soit, mais tout bas,
Et je renonce à la satire. »　　　(*bis.*)

CHARLES-MALO.

LES SOUVENIRS D'UN FRANÇAIS.

(Janvier 1830)

AIR : *Te souviens tu.*

Je me souviens des beaux jours de la France,
A ses enfans disait un vieux soldat,
Que ranimait une faible espérance,
Blâmable aux yeux de plus d'un potentat.
Je me souviens que dans des temps
    d'alarmes,
De notre gloire, avides partisans,
Pour son soutien nous avons pris les armes
Ces souvenirs délassent mes vieux ans.

Je me souviens, enfans de la bataille
Qui se donna dans les champs de Valmy
Et je crois voir criblé par la mitraille,
Fuir devant nous l'orgueilleux ennemi.

Je vois aussi tous ces preux d'Italie ,
Vaineus deux fois par nos vieux vétérans ;
Avec Desaix je parcours la Syrie.....
Ces souvenirs délassent mes vieux ans.

Ah! l'heureux temps, où plus d'une victoire
A de nos bras attesté le succès !
Comme on brillait des rayons de la gloire!
On était fier alors d'être Français.

L'Europe a vu nos phalanges terribles ,
Faire pâlir le front de ses tyrans.
Ah ! l'heureux temps, nous étions in-
vincibles.....
Ces souvenirs délassent mes vieux ans.

Je me souviens d'Eylau, de Ratisbonne ,
Mais le vainqueur, hélas! où le chercher!
Par sa valeur il obtint la couronne ;
Son trône un jour se change en un rocher.
La liberté , déesse de la France ,
Voudrait en vain consoler ses enfans.....
J'aime à penser à nos jours de vaillance ..
Ces souvenirs délassent mes vieux ans.

ROBERT DE THIEL.

LE POUVOIR DE LA BEAUTE.

CHANSON.

Air : *Depuis long-temps j'aimais Adèle.*

Dieu d'Amour, on te calomnie
Quand on prétend que ton flambeau
Eteint la flamme du génie,
Et conduit Minerve au tombeau :
Cédant au feu qui l'électrise,
Au doux pouvoir qui l'a charmé,
L'amant heureux s'immortalise
Dès qu'il a l'espoir d'être aimé.

C'est par toi, belle Galatée,
Dont le cœur bat sous le ciseau,
Que le rival de Prométhée
Enfante un chef-d'œuvre nouveau ;

4

Sous sa main ton sein s'électrise;
Pour lui sèul il s'est anime,
Et ton auteur s'immortalise
Dès qu'il a l'espoir être aimé.

C'est à tes attraits, Emilie,
Qu'on doit les écrits enchanteurs
Où la raison et la folie
S'unissent pour charmer les cœurs.
Tu plais, son esprit s'electrise;
Tu souris, il est enflammé;
Et Demoustier s'immortalise
Dès qu'il a l'espoir d être aimé.

Ceint des couleurs de Gabrielle,
Henri fuyant l'éclat des cours,
Invoquant le nom de sa belle,
Combat sur l'aîle des amours.
D'où vient l'ardeur qui l'électrise,
La foudre dont il est armé,
La gloire qui l'immortalise?
C'est qu'il a l'espoir d'être aimé.

L'INDIFFÉRENCE.

ROMANCE.

Air : *Portrait charmant.*

AIMABLE objet ! toi que chacun encense,
Je t'aime, hélas ! sans espoir de retour,
Pourquoi faut il qu'un aussi pur amour
Ne soit payé que par l'indifférence.

Depuis l'instant où, rempli d'espérance,
Je te fis part du secret de mon cœur,
Je vis combien était grand mon malheur;
Car tes beaux yeux peignaient l'indifférence.

Sans être aimé, la fragile existence
N'est plus pour moi qu'un pénible fardeau
Tu peux encor me sauver du tombeau,
Ne me vois plus avec indifférence.

LA ROSE.

ROMANCE ANACRÉONTIQUE.

Air : *A l'âge heureux de quatorze ans.*

SUR le tombeau du troubadour
Qui la célébra sur sa lyre,
Quand l'ombre succédait au jour
Ainsi chantait la jeune Elmire :
Epargne, aquilon furieux,
Ce calice où l'amour repose ;
Respecte le présent des dieux,
Garde-toi d'effeuiller ma rose.

A l'ami que choisit mon cœur,
Qui fit le charme de ma vie,
Ma bouche a consacré la fleur
Qui par tes traits est poursuivie.
Epargne, etc.

Que te serviraient tes ardeurs !
Las . par ton souffle profanée,
Sa erte, sans tarir ses pleurs,
Abrégerait ma destinée.
      Epargne, etc.

L'aquilon calma sa rigueur,
Zéphyr seul au sein de la belle
Agite la céleste fleur
Et la rafraîchit de son aile.
Epargne, aquilon furieux...
Murmure sa bouche mi-close;
C'en est fait, du présent des dieux,
Zéphyr vient d'effeuiller la rose.

LE PARISIEN.

CHANSON.

Air : *On dit que je suis sans malice.*

Sans médire de la science,
Pour acquérir l'expérience,
Et pour n'être de rien surpris,
Il faut sortir de son pays :
J'ai donc voyagé pour m'instruire,
Et ne puis m'empêcher de dire.....
Que voir quand on a vu Paris?

J'ai vu Moscow, j'ai vu le Caire,
J'ai vu l'Espagne, l'Angleterre,
Et les bazards, où le rubis
Eclate et se donne à vil prix;

Mais, voyant nos nouveaux passages,
Je dis, renonçant aux voyages....
Que voir quand on a vu Paris?

On me parlait de la Provence
Comme du jardin de la France ;
C'était, selon certains esprits,
Sur terre le vrai Paradis :
Mais je dis, quand je me promène
Sur les bords heureux de la Seine...
Que voir quand on a vu Paris?

Lorsqu'on prétend qu'en Italie,
Asile de la mélodie,
Les arts à nos yeux éblouis
Semblent tous s'être réunis ;
Je dis, voyant notre Musée,
Notre Opéra, notre Elysée......
Que voir quand on a vu Paris?

On vante beaucoup en Asie,
Les femmes de la Circassie ;

On trouve leurs minois jolis,
On admire leur teint de lys :
Mais je dis, en voyant des Grâces
Nos dames suivre en tout les traces…
Que voir quand on a vu Paris ?

PYGMALION.

ROMANCE.

Air . *Portrait charmant.*

C'EST, je le sais , une erreur de ma vue;
Tu n'es, hélas! pour moi qu'illusion
Ainsi parlait encor Pygmalion
Lorsque Jupin anima sa statue.

Au même instant la belle Galatée
Ouvre les yeux , sourit, et sa pudeur
Couvrant son front d'une tendre rougeur ,
Pour sa vertu paraît inquiétée.

Que vois, ô ciel ! quel gracieux sourire !
Quels doux attraits ! quels beaux yeux !
     quels accens !
Ma Galatée ! est-ce toi que j'entends ?
Où n'est-ce pas l'effet de mon délire ?

De ton génie elle est la récompense,
Dit Jupiter, qui rit de son tourment ;
Mais si l'amour enchaîne ton talent,
Courte sera sa fragile existence.

QUINZE ANS.

CHANSON.

Air : *Tarare, pon, pon.*

AGE cher aux amours,
Age heureux d'espérance
Et de douce innocence,
Je t'aimerai toujours.

Auteur de mon délire ,
Tu ranimes mes chants ,
Et ma lyre soupire
        Quinze ans !

Quinze ans, que je chéris
Votre aimable cortége,
Vos jolis blocs de neige
En boules arrondis ;
Ce front qui se colore
A nos propos galans ,
Où notre œil lit encore
        Quinze ans !

Que j'aime aussi ce teint
Qu'embellissent les roses,
Et ces lèvres mi-closes,
Où le soupir s'éteint ;
La rapide étincelle
De ses yeux ravissans
Dont le feu nous décèle
        Quinze ans !

Lorsque Vénus sortit
Du sein de l'onde amère,
Qu'un Dieu la rendit mère ;
Et que l amour naquit
Formé de blanche écume ;
Ses attraits séduisans
Comptaient , je le présume,
Quinze ans.

LE PROVINCIAL.

Air : *Dans la paix de l'innocence.*

Bon écrivain, fin critique,
Picard, en charmant nos cœurs ,
Sur notre scène comique
Fronda nos goûts et nos mœurs.
Imitateur inhabile ,
Moi, je chante en vers nouveaux,
Vive ma petite ville
Et vivent les provinciaux !

Avallon est ma patrie,

C'est une belle cité;

Une superbe mairie,

Un bal de société,

Un café, retraite utile

A nos braves libéraux.

   Vive, etc.

Manger est l'unique affaire,

Chacun y fait de son mieux;

Aussi prend-on d'ordinaire

Quatre repas copieux.

Le sexe est doux et facile,

Nos vins valent le Bordeaux.

   Vive, etc.

On n'aime pas à médire,

Mais francs sont les Bourguignons :

Aussi la fine satire

Circule dans nos salons;

Cela fait qu'en notre asile

Chacun connaît ses défauts.

   Vive, etc.

Sans en calculer le nombre,
Tous les soirs chez nous, par ton,
On va s'endormir à l'ombre,
Et s'éveiller au boston ;
On bâille au gai vaudeville,
On sourit aux madrigaux.
    Vive, etc.

Enfin quand la triste Parque,
Pour moi cessant de filer,
Me conduira vers la barque,
Je veux, pour me consoler,
Au nocher vieux et docile
Fredonner encor ces mots :
    Vive ma petite ville,
Et vivent les provinciaux !

CELA VIENDRA.

Air : *Depuis long temps j'aimais Adèle.*

A quatorze ans, simple et timide,
Ignorant tes plus doux appas .
J'ai vu rougir ton front candide ;
Un rien causait ton embarras.
Que ne puis je te voir encore ,
Trésor que dieu d'amour créa ,
Ange qu'il faut malgré soi qu'on adore !
     Cela viendra.   *(b s)*

J'ai vu sa taille ravissante
Présager les plus doux contours ,
Et j'ai vu ta bouche charmante ,
Sans le vouloir, appeler les amours.
Que ne puis je te voir encore ,
Trésor que dieu d'amour créa ,

Ange qu'il faut malgré soi qu'on adore !
    Cela viendra   (*bis*)

J'ai vu ton cœur tendre et sensible
S'ouvrir aux maux de tes parens ;
Dans le malheur calme et paisible,
Tu les charmais par tes accens.
Que ne puis-je te voir encore,
Trésor que dieu d'amour créa,
Ange qu'il faut malgré soi qu'on adore !
    Cela viendra.   (*bis.*)

Pour un frère j'ai vu tes larmes
Inonder tes chastes genoux ;
La douleur augmentait tes charmes,
Et du motif j'étais jaloux.
Que ne puis-je te voir encore,
Trésor que dieu d'amour créa,
Ange qu'il faut malgré soi qu'on adore !
    Cela viendra.   (*bis.*)

Grâces, douceur, beauté, jeunesse,
Vertus, talents, esprit. gaîté,

Franchise , aménité, tendresse ,
Et surtout constante amitié,
Quand pourrais je vous voir encore
Dans celle que l'amour créa ?
Ange qu'il faut malgré soi qu'on adore !
   Cela viendra.   (*bis.*)

FAUT RIRE.

CHANSON.

Air :

  Faut rire,   (*bis.*)
  Rire de tout ,
  Et partout,
  Faut rire   (*bis.*)
  Jusqu'au bout.

Quand on voit briller la sottise ,
Dénigrer partout la franchise ,

Les sots faire les beaux esprits,
Tant de fats l'un de l'autre épris.
        Loin d'en être surpris,
        Faut rire, etc.

Dans les salons de la province
Quand on voit un luxe de prince,
Et l'Amphytrion si prôné
De Plutus être abandonné;
        Loin d'en être étonné,
        Faut rire, etc.

Des intrigans suivant les traces,
Lorsque Damis dépense en glaces,
En parquet, en meubles de choix,
Ce qu'il sut arracher aux lois,
        Franchement je le crois,
        Faut rire, etc

Quant une fille à l'assurance
A confié son innocence,

Et qu'on voit dame Béatrix
Au mur accrochant un phénix,
    Le public crier nix,
    Faut rire, etc.

Aux soupers de cérémonie,
Des plats dont la table est garnie
Lorsque l'on trouve le total,
En comptant chaque original
    Qui figurait au bal,
    Faut rire, etc.

S'il nous faut à l'heure dernière
Rendre l'existence première,
Avant de passer l'Achéron,
Chantons en prenant l'aviron
    Des mains du vieux Caron :
    Faut rire,   (*bis.*)
    Rire de tout,
    Et partout;
    Faut rire   (*bis.*)
    Jusqu'au bout.

ECRIVEZ MOI.

Air du premier pas.

ECRIVEZ-MOI ,
Le plaisir vous devance ;
Confiez-vous à mon cœur , à ma foi .
L'amour ardent dédaigne la prudence ,
Et pour calmer les chagrins de l'absence ,
Ecrivez-moi !   (*bis.*)

Ecrivez-moi ;
Cette tendre prière
Ne peut , Eglé , vous inspirer d'effroi ;
Car lorsqu'amour s'éloigne de Cythère ,
Son premier soin est d'écrire à sa mère :
Ecrivez-moi !   (*bis.*)

Ecrivez-moi

Que toute votre vie

De l'enfant-dieu vous subirez la loi;

Franche en amour autant qu'elle est jolie,

Si mon Eglé me trahit et m'oublie,

    Ecrivez-moi !   (*bis.*)

QU'ELLE ETAIT BELLE.

BOUTADE.

Air : *Bouton de rose.*

Qu'ELLE était belle !

Quand je fis mes premiers aveux !

Quand je promis d'être fidèle ,

Des larmes inondaient ses yeux ;

    Qu'elle était belle !

    Qu'elle était belle !

Quand m'accordant un doux retour ,

Ses baisers payèrent mon zèle ;

Morte au plaisir près de l'amour ,

    Qu'elle était belle !

Qu'elle était belle ! ,
Quand oubliant tous ses sermens ,
L'ingrate devint infidèle ,
Et fit voir à d'autres amans
Qu'elle était belle !

OSCAR.

Air du Ménestrel.

LE jeune Orcar, pour servir sa patrie ,
Fuyait l'objet le plus cher à son cœur ;
Pour son pays, sacrifiant sa vie ,
En la quittant il disait à sa mie :
L'amour, Estber, protège ma valeur ,
Sois-moi fidèle, et je serai vainqueur.

Avec adresse aussitôt il s'élance
Sur un coursier fougueux et plein d'ardeur,
Et d'une main saisissant une lance,
Il dit , fuyant le cœur plein d'espérance :

Amour . amour ! protège ma valeur,
Que près d'Esther je revienne vainqueur.

Esther, cédant à sa vive tendresse,
Prend une armure et vole au champ d'hon
neur ;
Oscar , auprès de sa belle maîtresse,
Ne craignant rien, disait avec ivresse :
Amour ! tu viens protéger ma valeur !
Esther est là , je dois être vainqueur.

De nos amans on chante la victoire,
Mais des combats brave-t-on les fureurs ?
Ils sont frappés, et, tout couverts de gloire,
Ils vont monter au temple de mémoire !
Oscar disait. Esther sèche tes pleurs !
Si nous mourons , nous expirons vain-
queurs.

A MON FRÈRE.

Air du Vaudeville de la robe et des bottes.

Cérès a dépouillé la terre ,
Pomone a fini ses travaux ;
Phébus à peine nous éclaire ,
Et Bacchus remplit ses tonneaux.
Tout m'annonce que c'est ta fête ,
Ce moment si cher , où mon cœur
A l'amitié la plus parfaite
Offre tous les ans une fleur.

Flore est souvent trop passagère ,
Elle ressemble à la beauté ;
Aussi mon bouquet, tendre frère ,
Par ses soins n'est pas apprêté.
Un dieu plus joyeux , plus fidèle ,
Seul en veut faire tous les frais ,
Enfin c'est Momus dont le zèle
Vient de me dicter ces couplets.

Aimable enfant de la folie ,

O toi qui partages mon sort .

Bannissons la mélancolie ,

Elle peut conduire à la mort.

Si de tous les biens de la terre

Nous ne devons jamais jouir ,

Que du moins à notre misère

Vienne s'enchaîner le plaisir .

LE SCANDINAVE.

Air du Boristhène.

CHARLES jadis, trahi par sa valeur ,

Aux champs déserts de la Scandinavie

Abandonnant l'objet cher à son cœur,

Chantait ainsi sous le ciel de l'Asie:

 Pays que j'aime, ô mes amours.

 Adieu te dis, rive chérie.

 Charles te quitte pour toujours,

 Il ne verra plus sa patrie !

Le Turc en vain veut dompter son ardeur,
Son fer vengeur est levé sur sa tête ;
Charles est là, dont le cœur plein d'honneur
Chante en voyant se grossir la tempête :
  Pays que j'aime, ô mes amours !
  Adieu te dis, rive chérie !
Charles t'a quitté pour toujours,
  Il ne verra plus sa patrie !

Réduit enfin à défendre ses jours,
Abandonné, trompé par sa vaillance,
De ses destins il termine le cours,
Et chante encore en tombant sur sa lance :
  Pays que j'aime, ô mes amours !
  Adieu te dis, rive chérie !
  Charles t'a quitté pour toujours,
  Il ne verra plus sa patrie !

Sur le tombeau de l'illustre guerrier,
Avec orgueil l'ennemi vainqueur grave :
Ci-gît, soldats, à l'ombre d'un laurier,
L'honneur des siens, le héros scandinave.

Pays qu'il aime, ô ses amours.
Adieu te dis, rive chérie !
Charles t'a quitté pour toujours,
Il ne verra plus sa patrie !

Ainsi naguère en de lointains climats,
Trahi de tous, oublié de la France,
Un capitaine en pleurant ses soldats,
Chantait mourant de regret, de souffrance :
Pays que j'aime, ô mes amours !
Adieu te dis, rive chérie !
Las ! je t'ai quitté pour toujours,
Je ne verrai plus ma patrie !

V'LA DU NOUVEAU.

Air : *Gn'y a que Paris.*

Un lion doux comme un mouton,
Un agneau méchant comme un diable,
Un petit-maître sans façon,
Une prude toujours aimable,
Un vieux chantre qui boit de l'eau...
    V'là du nouveau !

Un Champenois pétri d'esprit,
Un Gascon rempli de courage,
Un vieux médecin qui guérit,
Au théâtre une femme sage,
Un auteur critiquant Boileau...
    V'là du nouveau !

Un juge sans prévention,
Un avocat sans verbiage,

Un nob'e sans prétention,
Un parvenu sans étalage,
Un philosophe sans cerveau...
    V'là du nouveau.

Un marchand désintéressé,
Un prisonnier sans espérance,
Un intrigant embarrassé,
Un avare sans méfiance,
Thémis se montrant au barreau...
    V'là du nouveau!

Une fillette sans amans,
Un petit abbé sans maîtresse,
De l'esprit dans tous les romans,
Un solliciteur sans souplesse,
L'honnête homme dans un château...
    V'là du nouveau!

Un matelot plein de douceur,
Un journaliste véridique,

Un militaire sans honneur,
Une fille à trente ans pudique,
Un grand fournisseur au poteau...
   V'là du nouveau!

Tous nos chansonniers sans gaîté,
Nos artistes fuyant la gloire,
Un ignorant sans fatuité,
L'usurier perdant la mémoire,
Un vieillard creusant son tombeau...
   V'là du nouveau !

L'OMBRE DU BONHEUR.

ROMANCE PHILOSOPHIQUE.

Air : *Retournez auprès de vos belles.*

Au sein d'une antique chapelle
Où vont quelquefois les amans,
Une voix agréable et belle
Fait entendre ces doux accens :
Vous qui sous cette voûte sombre
Venez respirer la fraîcheur,
Apprenez que du vrai bonheur.
En paix ici repose l'ombre.

C'est le hameau qui m'a vu naître,
Et j'appris, dès mes premiers ans,
A me prosterner devant l'être
Que méconnaissent les méchans.
   Vous qui sous, etc.

Je sus mépriser la richesse,
Je sus mépriser les grandeurs,
Je sus éviter la mollesse
Sachant qu'elle corrompt les cœurs.
    Vous qui sous, etc.

Du malheur j'essuyais les larmes ,
Et le fis toujours en secret :
Comment peut'on trouver des charmes
A se dire auteur d'un bienfait ?
    Vous qui sous, etc.

Pour embellir ma destinée ,
Chose rare chez moi, je vis
L'amour et le dieu d'hyménée
Demeurer constamment unis.
    Vous qui sous, etc.

Dans la paix et dans l'abondance
Il fallut céder à la mort;
Beaux jours d'amour et d'innocence,
Que ne puis je vous voir encor !!!

Vous qui sous cette voûte sombre
Venez respirer la fraîcheur,
Apprenez que du vrai bonheur
En paix ici repose l'ombre.

CHANSON DE TABLE.

Air : *A Pantin c'est grande fête.*

CHŒUR.

SANS le vin
Point de saillie,
Point de gaîté qui nous lie :
Sans lui, l'aimable folie
N'est d'aucun festin.

Lorsqu'ils s'assemblaient
Chez Despréaux ou chez Molière,
Nos auteurs sablaient
Ce nectar qu'ils chantaient.

Au divin Madère,
Leur mère sévère
Se changeait souvent
En muse d'agrément

CHŒUR

Sans le vin, etc.

S'il eut des vertus,
Ce prince aimé de la victoire,
C'est que de Bacchus
Il savourait le jus.
On voit dans l'histoire
Qu'amour, vin et gloire,
Furent de Henri
Le passe-temps chéri.

CHŒUR.

Sans le vin, etc.

Si nos bons aieux
Se divertissaient tous à table,
  C'est que chacun d'eux
Buvait force vin vieux;
L'effet délectable
De ce baume aimable,
Rendait nos parens
Toujours gais et contens.

CHŒUR.

Sans le vin, etc.

Après avoir pris
La pomme, Adam et sa maîtresse
  Furent éconduits
Du sacré paradis.
De l'humaine espèce
Voyant la détresse,
Dieu créa le vin
Pour noyer son chagrin.

CHŒUR.

Sans le vin, etc.

A MON AMI, MON FRÈRE,

POUR LE JOUR DE SA FÊTE.

Air du vaud. de la robe et des bottes.

LE plus beau présent sur la terre
Que nous fait le maître des cieux,
C'est un ami tendre et sincère,
Au cœur sensible et généreux.
Charmé d'un aussi doux partage,
Et prenant ma lyre aujourd'hui,
A l'ami je vais rendre hommage,
Et je vais chanter mon ami.

Sans mon ami point de saillie,
Sans mon ami point de bons mots ;
En vain sans lui, belle folie,
Tu fais résonner tes grelots.

Sans mon ami point d'allégresse,
La gaîté fait place à l'ennui ;
Enfin la trop aimable ivresse
Perd tous ses droits sans mon ami.

Un ami remplace une amie
Qui nous fait infidélité ;
L'ami nous aide dans la vie
A supporter l'adversité ;
C'est l'ami qui de chez nous chasse
Douleur, chagrin, peines, souci ;
Et du travail qui nous délasse ?
N'est-ce pas encore un ami ?

QU'VOULEZ-VOUS QU'J'Y FASSE?

Air connu.

SIRE, on veut la liberté;
Vraiment..... Quelle audace !
Qu'en dit vo're majesté?
   Qu'voulez-vous qu'j'y fasse ?

Les ordonnances de Mangin
Font l'ver l' peuple en masse,
Ell's révoltent jusqu'aux chiens...
— Qu'voulez vous qu'j'y fasse ?

Sir', vous faites, en vérité,
Des brioch's en masse;
   J'en suis le premier dupé,
Qu'voulez vous qu'j'y fasse?

Sir', le peuple est indigné
— Faut qu'j'aille à la chasse.
Sir', vous serez détrôné.
— Qu'voulez vous qu'j'y fasse?

F. LEPELLIER.

LES ENFANS DE PARIS.

Musique de l'Auteur

BRAVES amis, noble jeunesse,
Pleine d'honneur, de loyauté,
Par vous la France est dans l'ivresse;
Elle vous doit sa liberté.

A votre généreux courage,
Quel Français ne rendrait hommage !
Couvrons de lauriers
Ces jeunes guerriers,
Ils ont en héros défendu nos foyers.
Honneur à leur vaillance !
Ils ont sauvé la France.

Le vieux drapeau de la victoire
Vient de retremper tous les cœurs,
Pâle étendard, drapeau sans gloire,
Va, fuis avec nos oppresseurs !

De l'étranger, vaine espérance,
Retourne implorer l'assistance.
Ces jeunes guerriers,
Couverts de gloire,
Sauraient bientôt encor défendre nos
foyers.
Honneur à leur vaillance !
Ils ont sauvé la France.

Mais repoussons ces craintes vaines ;
Quand on sait défendre ses droits,
On ne redoute plus de chaînes,
Et l'on peut défier les rois.
Vienne chez nous l'Europe entière,
Son tombeau sera la frontière.
Avec ces guerriers,
Couverts de lauriers,
Nous saurions tous encor défendre nos
foyers.
Le cri de vengeance
Serait : Sauvons la France.

Et vous , enfans , qui de vos pères
Pleurez le trépas glorieux ,
Mêlez aux larmes de vos mères ,
Celles que vous versez pour eux.
Que leur souvenir plein de gloire,
Soit gravé dans votre mémoire ,
    Et que les tombeaux
      De tous ces héros
Soient toujours décorés de leurs lauriers
nouveaux.
    Honneur à leur vaillance .
    Ils ont sauvé la France.

AMÉDÉE DE BEAUPLAN.

CHANT DE VICTOIRE,

EXÉCUTÉ SUR LE THÉATRE DU VAUDEVILLE.

AIR : *Veillons au salut de l'empire.*

Eh quoi ! notre terre est rougie !
Quel sang vient donc de la souiller ?
Après quinze ans de léthargie,
Qui donc vient de se réveiller ?
Liberté (*bis.*)! déité si chère à la patrie,
Est-ce toi ? réponds-nous... Ecoutons (*bis.*),
C'est sa voix.
Aux armes . plus de tyrannie !
Peuple, va ressaisir tes droits.

L'étranger que solde la France,
Vient nous frapper d'un plomb mortel !
Est-ce là l'antique vaillance
Des frères de Guillaume Tell !

Liberté (*bis.*)! quoi! toujours des monts
   de l'Helvétie,
Tes enfans viendront-ils (*bis.*) pour étouffer
   ta voix?
   Ils tombent... Plus de tyrannie!
   Le peuple a reconquis ses droits.

   Pour l'artisan, au cri de France,
   Les combats sont les seuls travaux.
   Sous ces poitrines sans défense,
   Palpitent des cœurs de héros.
Liberté (*bis.*), vrais soldats, ils te donnaient
   leur vie;
Citoyens (*bis.*), avec calme ils respectaient
   les lois.
   Victoire! plus de tyrannie!
   Le peuple a reconquis ses droits.

   Mais tous ces bataillons informes,
   Quels guides vont les diriger?
   Voyez ces jeunes uniformes
   Briller au plus fort du danger.

Liberté (*bis*.), quelle est donc ta puissance
>   infinie !

Qu'ils sont grands (*bis*.), ces enfans ac-
>   courus à ta voix !

Victoire ! plus de tyrannie !
Le peuple a reconquis ses droits.

Et vous dont la France s'honore,
Relevez ce front attristé,
Reprenez votre luth sonore,
Poètes de la liberté.

Liberté (*bis*.),qu'à ta voix s'élance le génie.
Les lauriers des beaux arts fleuriront (*bis*.)
>   sous tes lois.

Victoire ! plus de tyrannie !
Le peuple a reconquis ses droits.

Mais que de pertes on déplore !
Combien de braves au cercueil !
Ah ! notre drapeau tricolore
Est ceint d'une écharpe de deuil !

Liberté (*bis.*) dans les cieux que chaque
   ombre attendrie
Tressaille encor, tressaille au son de
   notre voix
   Victoire. plus de tyrannie
Le peuple a reconquis ses droits

ÉTIENNE ARAGO.

AMOUR A D'ORLÉANS.

Plutôt la mort que l'esclavage,
C'est le cri de tous les Français.
En France on est brave à tout âge,
Mais servile et rampant... Jamais.
La liberté nous électrise ;
Nous crions : A bas les tyrans !
Respect, amour à d'Orléans
Il est fier de notre devise.

LE RÉVEIL DU COQ.

DÉDIÉ AUX PARISIENS.

Air *Pour notre France, ô moment plein*
de charmes !

PLUS de tyran, le joug d'un roi parjure,
Qui trop long temps sur nos fronts a pesé,
Trois jours de gloire en ont lavé l'injure,
Trois jours de meurtre à jamais l'ont brisé.
La France, au pied du drapeau tricolore,
Renaît plus sage et reprend sa fierté.....
Le Coq s'éveille, il annonce l'aurore ;
Entendez vous son cri de liberté ?

Le chant du Coq est un hymne de gloire,
L'aigle de Rome a tremblé devant lui !
Fils des Gaulois, Français, à la victoire
Il peut encor vous guider aujourd'hui,

Si tous, au pied du drapeau tricolore ,
Nous nous jurons accord, fraternité....
Le Coq s'éveille, il annonce l'aurore ;
Entendez-vous son cri de liberté !

Des trois couleurs arborant la cocarde ,
N'évoquons pas le bonnet plébéien ,
Ni cet aiglon qu'un empire nous garde ,
Pour nous soumettre au vautour autrichien.
Chez nous, au pied du drapeau tricolore ,
Cherchons un bras qui déjà l'ait porté....
Le Coq s'éveille, il annonce l'aurore ;
Entendez-vous son cri de liberté ?

L'aigle, il est vrai, digne oiseau du ton-
    nerre,
Contre vingt rois nous mena triompher ;
Mais souviens toi que son ingrate serre ,
O liberté ! s'ouvrit pour t'étouffer.
Français, au pied du drapeau tricolore ,
Défendez mieux un droit bien acheté....
Le Coq s'éveille, il annonce l'aurore ;
Entendez-vous son cri de liberté !

Plus de parti, l'union fait la force,
N'ayons qu'un vœu, citoyens et soldats ;
Ne perdons point, par un lâche divorce ,
L'accord heureux de vos derniers combats.
En chœur, au pied du drapeau tricolore,
Déposons tous la même volonté...
Le Coq s'éveille, il annonce l'aurore ;
Entendez vous son cri de liberté ?

A. DÉCHEZ.

NOTRE INDÉPENDANCE

Un jour plus beau s'est levé sur la France.
Un peuple généreux a reconquis ses droits ;
   Saluons notre indépendance ;
   Saluons le règne des lois.
Aux bords du Rhin un cri s'est fait entendre :
   « Paris s'est levé pour vous rendre
   » Votre gloire et vos libertés. »
   Et la glorieuse auréole
   Qui guidait les soldats d'Arcole
   Soudain flotta sur nos cités.

LA FUITE DE CHARLES X.

AIR *Bon voyage, cher Dumollet.*

Bon voyage, adieu Charles dix,
Vite, partez pour un autre rivage ;
Bon voyage, adieu Charles dix,
Et vous aussi, fier vainqueur de Cadix.

Vous avez cru par vos projets sinistres,
Dans un seul jour soumettre les Français;
Mais de Paris, malgré tous vos ministres,
Vous avez vu le peuple et ses succès.
    Bon voyage, etc.

Les habitans des rives de la Saône
Et de Paris, Louviers, Rouen, Elbœuf,
Se sont armés pour renverser le trône
Et pour punir le nouveau Charles neuf.
    Bon voyage, etc.

Dans le néant voulant mettre la Charte,
On vit sur pied tous vos lâches suppôts ;
Mais, dans Paris, l'ombre de Bonaparte

Guidait partout nos sublimes héros.
        Bon voyage, etc.

Pour assurer vos projets sanguinaires,
Sans calculer les morts et les mourans,
Pendant trois jours vos troupes merce-
        naires
Firent couler le sang de leurs parens.
        Bon voyage, etc.

Adieu, parjure, amateur de la chasse;
Notre patrie a repris ses couleurs.
Vite, fuyez quand le Français vous chasse,
Car il pourrait vous arriver malheur.

        Bon voyage ! adieu Charles dix,
Vite, partez pour un autre rivage;
        Bon voyage, adieu Charles dix,
Et vous aussi, fier vainqueur de Cadix.

ANONYME.

LA COCARDE TRICOLORE,

CHANT

DÉDIÉ A LA GARDE NATIONALE

AIR *Connaissez mieux le grand Eugène.*

BOURBONS, qui régniez sur la France
Grâce aux secours de vingt peuples divers,
   Et qui, malgré notre souffrance,
Au lieu de lois nous donniez des fers;
De ces guerriers dont la France s'honore,
Puisque les droits par vous sont oubliés,
Votre cocarde je la foule aux pieds
   Et je reprends la tricolore.

   Salut, ô ma noble cocarde,
Chère aux guerriers d'Ulm et de Fried-
   land !
   Sur le front de la vieille garde
Tu viens enfin de reprendre ton rang.

Sous la-blanche qu'on porte encore,
Le moindre prince est au-dessus de nous ;
L'Europe entière était à nos genoux
　　Quand nous portions la tricolore.

　　Quand, protégé par des cohortes,
Louis parut pour la seconde fois,
　　Nous voulions, en ouvrant nos portes,
Qu'il conservât l'emblême de nos droi s.
S'il rejeta ce signal qu'il abhorre,
Peuple Français, n'en sois pas mécontent;
Il a bien fait : il eût, en l'adoptant,
　　Déshonoré la tricolore.

　　Sous le poignard et sous la hache,
En mille lieux témoins de leurs forfaits,
　　Des assassins au blanc panache
Ont fait cent fois couler le sang français.
S'il est tombé, du couchant à l'aurore,
Tant de guerriers par nos glaives soumis,
C'était du moins le sang des ennemis
　　Qu'on versait sur la tricolore.

Tôt ou tard le peuple triomphe,
Et nous voyons, malgré l'orgueil des rois,
En ce jour, sous des arcs de triomphe,
Rentrer enfin nos guerriers et nos droits ;
Sous les débris du drapeau qu'on abhorre,
Oui, nous plantons l'arbre de liberté,
Et, relevant nos fronts avec fierté,
Nous reprenons le tricolore.

ÉMILE DEBREAUX.

ILS ONT FUI.

Ils avaient dit : Nous seuls avons des armes,
Ils trembleront et se soumettront tous ;
Mais nous avons méprisé les alarmes,
Et désarmés ils ont fui devant nous.
Liberté chérie,
Toujours ton nom sacré,
Par l'honneur inspiré,
Réveille la patrie.

LE PAUVRE AVEUGLE.

AIR *Mon pauvre Chien*

UN pauvre aveugle en sa misère,
Contrit, affligé, repentant,
Français, vient de sa vie entière
Vous faire le récit touchant :
Oui, je fus coupable, sans doute,
Nul n'aurait agi comme moi;
Ah, grand dieu, quand on n'y voit goutte,
Qu'on est malheureux d'être roi !

Jeune, j'aimais avec ivresse
Le jeu, les femmes, le plaisir;
Alors, au nom de mon altesse,
J'ai vu tous les maris frémir.
De bâtards je peuplais la France,
Mon cher Polignac en fait foi;

J'avais même encor l'espérance
De vous en donner un jour roi.

Plus tard, du fond de l'Angleterre,
Contre mon pays irrité
De la discorde et de la guerre
Je soufflais le feu redouté.
Depuis, trompés par mes caresses,
Vous vous reposiez sur ma foi;
Mais comment croire à ses promesses,
Lorsqu'un aveugle devient roi?

Fanatique autant qu'imbécile,
Aveugle dans tous mes projets,
Je dissous la garde civile,
Je m'arme contre mes sujets.
Soumis aux volontés de Rome,
Les jésuites me font la loi;
Je n'étais déjà plus un homme,
Et je prétendais être roi.

Bouffi d'orgueil et d'arrogance,
Je déchire un pacte sacré ;
Et par mon ordre un peuple immense
Au fer des soldats est livré.
De l'exil je reprends la route,
Tous les bras s'arment contre moi.
Ah ! grand dieu quand on n'y voit goutte ,
Qu'on est malheureux d'être roi !

GARDY.

LA LIBERTÉ.

J'OTE bien moins que je ne donne
A l'autorité des bons rois ;
Et si je leur dicte des lois,
L'amour dont je les environne
Est l'ornement de leur couronne ,
Et le sûr garant de leurs droits.

LES 27, 28, 29 JUILLET.

Air de la Sentinelle.

ENTENDEZ-VOUS, amis, frémir l'airain ?
La mort s'agite au sein de la patrie ;
Par l'ordre affreux d'un lâche souverain,
Le plomb mortel se croise avec furie.
 Du Français le sang précieux
 Est versé par la main d'un frère ;
 Et plus d'un soldat vertueux,
 Conduit par un chef odieux,
 Va percer le sein de son père ! (*bis.*)

Quoi ! rien ne peut arrêter ce transport ?
Pour un tyran faut-il prendre les armes ?
Un jour peut être à ses arrêts de mort,
Ses yeux seront obscurcis par les larmes.
 Soldats, n'êtes vous plus Français ?

Pourquoi cette guerre sans gloire ?
Ah   contre les mêmes sujets
On ne vit jamais un succès
Porter le nom de la victoire.   (*bis*)

Mais, qu'ai je vu ? Ces groupes étrangers
Sont les enfans d'un peuple libre et sage ;
Et cependant ils bravent les dangers,
Pour nous soumettre au plus dur escla-
    vage ?
      Descendans de Guillaume Tell ,
      Ce nom sacré, patriotique,
      Pour vous n'est il pas immortel !
      Seul il a renversé l'autel
      De la tyrannie helvétique.   (*bis.*)

Tremblez, cruels , un peuple de héros
Va ressaisir sa noble indépendance ;
Il a déjà suspendu ses travaux ;
Son bras agite et son glaive et sa lance.
    Vous apprendrez bientôt de lui
    Tout ce qu'il peut pour sa patrie.

Il va triompher aujourd'hui :
La justice lui sert d'appui,
Et la liberté le rallie.   (*bis.*)

Le beffroi sonne... Il se rassemble, il part ;
La résistance augmente son courage
Le sang français coule de toute part !..
Ah! suspendons cet horrible carnage !
    Plus de combats , soyons unis ;
    Soldats, plus d'ordre sanguinaire.
    Que par leurs crimes inouis
    Les Bourbons ne trouvent d'amis
    Que sur une rive étrangère.   (*bis.*)

ANONYME.

CONFESSION DE CHARLES X.

a r ' *Turlurette, ma tante Turlurette.*

Avant de nous embarquer,
Mon père, faut me confesser;
Car du trône si je saute,
    C'est ma faute,   (*bis*)
C'est ma très-grand' faute.

Mon pèr', j'ai beaucoup péché,
J'écoutais trop le clergé;
De ma place si l'on m'ôte,
    C'est ma faute,   (*bis.*)
C'est ma très-grand' faute.

Je gouvernais, à Paris,
Mon peuple à coups de fusil;
A mon tour aussi j'la saute,
    C'est ma faute,   (*bis.*)
C'est ma très-grand' faute.

J'aurais bien fait d' donner l'sac
A Villèle, à Polignac ;
Mais j'ai compté sans mon hôte ,
    C'est ma faute ,   (*bis*)
C'est ma très grand' faute.

Mon cher confesseur, allons,
Donne-moi l'absolution ;
Car si je suis à la côte ,
    C'est ma faute ,   (*bis.*)
C'est ma très grand' faute.

Γ. LETELLIER.

TROIS JOURS.

Trois jours. ce fut assez pour fixer la
    victoire.
    Il a fallu, superbe antiquité,
D'innombrables écrits pour ta célébrité.
Une page suffit pour graver notre gloire

HYMNE

EN L'HONNEUR DES PAVÉS.

AIR : *Faut' d'la vertu.*

Ce sont des amis éprouvés ;
Crions tous : Vivent les pavés

Loin d'être dans les rétrogrades,
Les pavés, sans distinction,
(C'est prouvé par les barricades)
Etaient de l'opposition.

Ce sont des amis, etc.

A leur fermeté rendons grace ;
Ce sont eux qui nous ont sauvés :
Tous, contre une odieuse race,
Avec nous ils se sont levés.

Ce sont des amis, etc.

Leur éloquence est de nature
A faire de l'impression ;
Les Suisses ont la tête dure,
Mais ils ont senti la raison.

Ce sont des amis , etc.

Chacun saisit, sans interprète,
Leur solides raisonnemens :
On ne peut que baisser la tête
Devant de pareils argumens.

Ce sont des amis , etc.

Le ciel compense toute chose,
Monsieur Azaïs l'a prouvé.
Or, le *droit-canon*, je suppose,
A pour pendant le *droit pavé*.

Ce sont des amis, etc.

Et pourtant l'oublieuse foule
Les traîte avec indignité ;

Et chaque jour aux pieds l'on foule
Ces sauveurs de la liberté.

Ce sont des amis, etc.

Modestes après la victoire,
Ils n'ont pas, de force ou de gré,
Voulu pour eux toute la gloire ;
Ils n'avaient pas délibéré.

Ce sont des amis, etc.

Ce sont-ils, sous un nouveau règne,
Dans les anti-chambres pressés ?
Beaucoup, sans qu'aucun d'eux s'en
    plaigne,
Ne sont pas encor replacés.

Ce sont des amis, etc.

Bientôt leur gloire répandue
Anime leurs nobles rivaux :
Partout la puissance absolue
Aura les pavés sur le dos.

Ce sont des amis, etc.

Et par eux au loin affermie,
Liberté, tu ne laisseras
De refuge à la tyrannie
Qu'aux lieux où l'on ne pave pas.
Ce sont des amis, etc.

PHILIPPE EUGÈNE.

LAFAYETTE.

AIR *Le saint craignant de pécher.*

On disait depuis long temps,
    J'n'ai pas voulu l'croire,
Que l'Français passait son temps
    Sans honneur, sans gloire;
Qu'il gobait tous les abus
D'un ministèr' de pendus.
    C'était au plus mal...
    V'là qu'un général,
        D'bon aloi,
        Dit : Ma foi,
Faut z'une bayonnette...
    C'était Lafayette.

A FOY, GÉRARD ET MASSENA.

CHANSON.

A Foy, Gérard et Masséna,
A Fleurus, Jemmape, Jéna,
A la santé de tous les nôtres ;
Car s'il les fallait détailler,
On en compterait un millier ,
Accompagné de plusieurs autres...

A ces jeunes héros sans tache ,
Qu'ont du cœur avant d'la moustache
V'nez donc maintenant contre nous,
Enn'mis qui fait's les bons apôtres ;
Venez, nous vous chasserons tous,
Accompagnés de plusieurs autres.

A toi, grand Lafayette, à toi
Qu'as été tout, excepté roi.

Et qu'es pourtant l'plus grand des nôtres ;
Oui, son hiver c'est z'un printemps.
Ah ! puisses-tu vivre cent ans ,
Accompagnés de plusieurs autres.

A notre constitution
Donnons toute protection ,
De la raison dignes apôtres.
Ah ! puisse-t-elle , en tout pays ,
Trouver un million d'amis ,
Accompagnés de plusieurs autres.

N'oubliez pas , le verre en main ,
Belle moitié du genre humain
Qui fait tant de plaisir à l'autre.
Je bois à ma mère , à ma sœur ,
A la maîtresse de mon cœur ,
Puis à celle de tous les autres.

LATULIPE (ancien troupier).

CHANT NATIONAL.

AIR : *L'hermite du hameau voisin*

PEUPLE français, Charles n'est plus ;
Bientôt renaîtra l'abondance ;
Rappelle tes vieilles vertus,
Ouvre ton cœur à l'espérance.　　　(*bis.*)
Accours à mes joyeux accens ,
Célébrer ton indépendance ;
Bois à la santé d'Orléans ,
C'est boire au bonheur de la France.(*bis.*)

C'est pour tes droits, peuple français ,
Qu'un vieux soutien de l'Amérique
Sait aujourd'hui, par ses hauts faits ,
Chasser le pouvoir tyrannique.　　　(*bis*)
Il a vaincu pour notre bien,
Sans exiger de récompense ;

Et boire à ce grand citoyen,
C'est boire au bonheur de la France. (*bis.*)

Long-temps sous un sceptre d'acier,
On a vu gémir la patrie ;
L'immortel Casimir Perrier,
Au risque d'y perdré la vie,   (*bis.*)
Osa, pour seconder nos vœux,
Déployer sa mâle éloquence.
Oui, boire à ce cœur généreux,
C'est boire au bonheur de la France. (*bis.*)

Lutèce élevait dans son sein
Des hommes d'un ardent génie ;
Au plus héroïque dessein
Chacun d'eux consacrait sa vie ;   (*bis.*)
Et tous, frappant leurs ennemis,
Tendaient la main à l'indigence.
    Oui, boire aux enfans de Paris,
C'est boire à l'honneur de la France. (*bis.*)

Rendons hommage à l'Eternel ;
Frappons le serpent de l'envie ;
Veillons en ce jour solennel,
Au salut de notre patrie.   (*bis.*)
Le Ciel, en protégeant nos droits,
Du bonheur nous montre l'aurore.
Chantons tous....à perdre la voix,
Vive le drapeau tricolore.   (*bis.*)

ANONYME.

MARCHE PARISIENNE.

CHANT NATIONAL.

PEUPLE Français, peuple de braves,
La liberté rouvre ses bras,
On nous disait : soyez esclaves !
Nous avons dit : soyons soldats !
Soudain Paris dans sa mémoire
A retrouvé son cri de gloire.

En avant, marchons
Contre leurs canons,

A travers le fer, le feu des bataillons ;
    Courons à la victoire.

Serrez vos rangs, qu'on se soutienne !
Marchons ! chaque enfant de Paris,
 De sa cartouche citoyenne,
Fait une offrande à son pays.
O jour d'éternelle mémoire !
Paris n'a plus qu'un cri de gloire .
    En avant, etc.

La mitraille en vain nous dévore,
Elle enfante des combattans.
Sous les boulets voyez éclore
Ces vieux généraux de vingt ans.
O jour d'éternelle mémoire !
Paris n'a plus qu'un cri de gloire :
    En avant, etc.

Pour briser leurs masses profondes,
Qui conduit nos drapeaux sanglans ?
C'est la liberté des deux Mondes,
C'est Lafayette en cheveux blancs.

O jour d'eternelle mémoire !
Paris n'a plus qu'un cri de gloire :
    En avant, etc.

Les trois couleurs sont reconnues ,
Et la colonne avec fierté ,
Fait briller à travers les nues
L'arc-en ciel de la liberté.
O jour d'éternelle mémoire !
Paris n'a plus qu'un cri de gloire :
    En avant, etc.

Soldat du drapeau tricolore ,
D'Orléans , toi qui l'as porté ,
Ton sang se mêlerait encore
A celui qu'il nous a coûté.
Comme aux beaux jours de notre histoire,
Tu rediras ce cri de gloire :
    En avant, etc.

Tambours, du convoi de nos frères
Roulez le funèbre signal ;
Et nous, de lauriers populaires

Chargeons leur cercueil triomphal
O temple de deuil et de gloire,
Panthéon, reçois leur mémoire !

Portons-les, marchons ;

Découvrons nos fronts.

Soyez immortels, vous tous que nous pleurons,

Martyrs de la victoire.

CASIMIR DELAVIGNE.

ARRÊTEZ, SOLDATS.

AIR *Ce magistrat irreprochable*

SOLDATS, laissez la tyrannie
Exhaler seule sa fureur.
Ne voyez vous pas l'infamie
Où l'on vous a promis l'honneur !
Où cherchez-vous une victoire ?
Arrêtez, arrêtez, soldats.....
Vous ne marchez pas à la gloire,
Puisqu'un traître guide vos pas.

FIN.

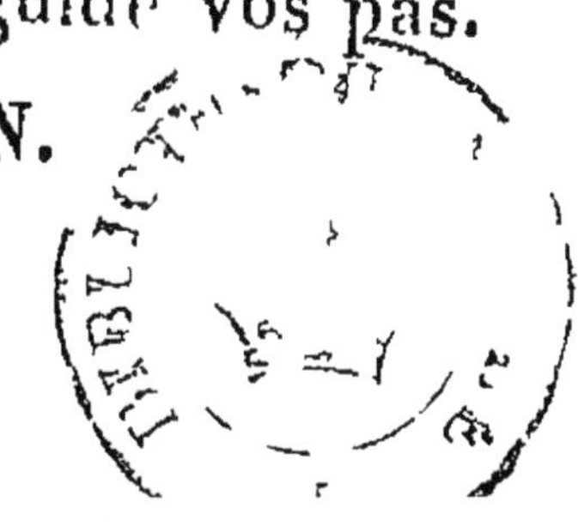

www.ingramcontent.com/pod-product-compliance
Ingram Content Group UK Ltd.
Pitfield, Milton Keynes, MK11 3LW, UK
UKHW020936140726
13695UKWH00003B/1081